AGENT 327

Geheimakte VIER

MARTIN LODEWIJK

DER FALL LÖWENGRUBE

Text und Zeichnung: Martin Lodewijk
Gestaltung: Rudy Vrooman

Martin Lodewijk

Weitere Veröffentlichungen:
Lodewijk
Storm | Splitter
January Jones | Kult Comics
Johnny Goodbye | Ehapa
Der Rote Ritter | Wick Comics
Zetari | Splitter (alt)

toonfish ist ein Imprint des SPLITTER Verlags
1. Auflage 08/2020
© Splitter Verlag GmbH & Co. KG · Bielefeld 2019
Aus dem Niederländischen von Axel Rothkamm
AGENT 327: DOSSIER LEEUWENKUIL
Published under License from Don Lawrence Collection
Copyright © Don Lawrence Collection / Lodewijk
All Rights Reserved. Any inquiries should be addressed to
DLC, PO BOX 4191, 4900 CD Oosterhout, The Netherlands.

Bearbeitung: Martin Budde
Lettering: Kai Frenken
Covergestaltung: Dirk Schulz
Herstellung: Horst Gotta
Druck und buchbinderische Verarbeitung:
AUMÜLLER Druck / CONZELLA Verlagsbuchbinderei
Alle deutschen Rechte vorbehalten
Printed in Germany
ISBN: 978-3-95839-937-2

Weitere Infos und den Newsletter zu unserem Verlagsprogramm unter:
www.splitter-verlag.de

News, Trends und Infos rund um den deutschsprachigen Comicmarkt unter:
 www.comic.de
Verlagsübergreifende Berichterstattung mit
vielen Insiderinformationen und Previews!

* »OP DE GREBBEBERG« VON JACQUES VAN TOL U. WILLY DERBY [1940/41]

** UNTERTITEL: »ERZÄHLUNG AUS DEM BURENKRIEGE«, VON LOUWRENS PENNING [1901]

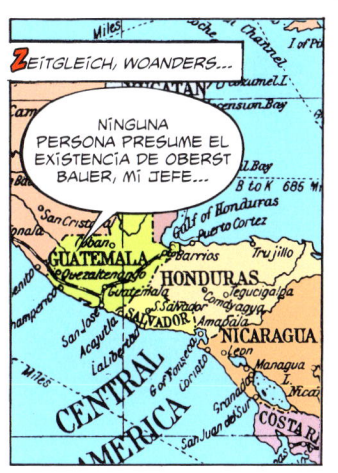
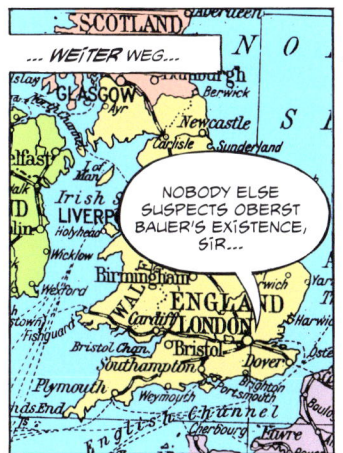
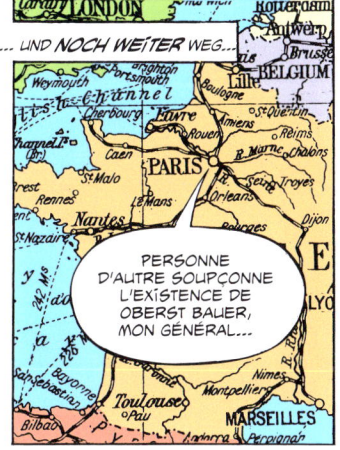
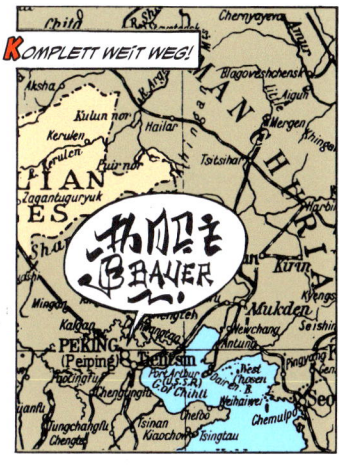

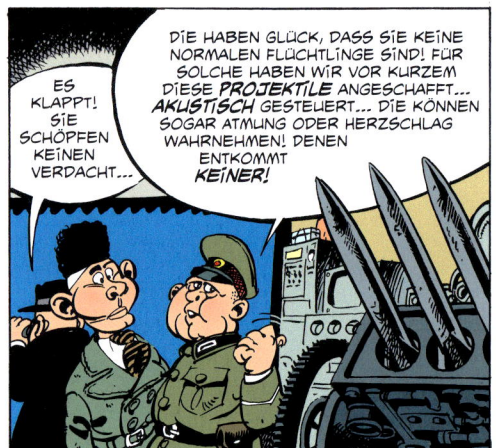

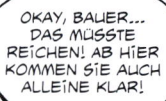

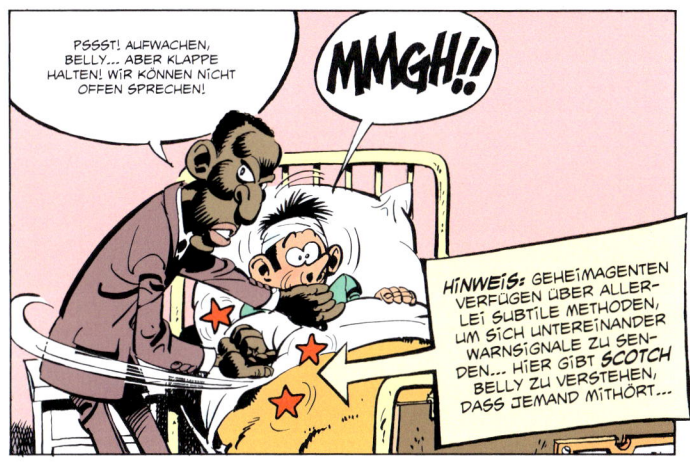

KURZ DARAUF...
DIE LÖWEN GREIFEN AN!!!
RUFT DEN TIERSCHUTZ AN!
RUFT DIE POLIZEI!!!
VOR WEM MÜSSEN DIE TIERE DENN BESCHÜTZT WERDEN?
NEIN, JAN! DU WIRST NICHT DEN LÖWENBÄNDIGER SPIELEN!
50
PEERSE
WAS IST DAS FÜR EIN LÄRM DA DRAUSSEN, BOSS...??
SCHLAPPLAPPSCHLAPP-SCHLECK SCHLECKSCHLAPP-MAMPFKAU! SCHLAPP-HAPPSCHLECK
SOLCHE GERÄUSCHE HÖRT MAN SONST NUR IM SCHLACHTHAUS... GEH DOCH MAL NACHSEHEN...
JA, HALLO... JANSEN HIER, SAFARIPARK HAAKSE HEUVELS...! WAS KANN ICH FÜR SIE TUN?
WAS?
NEIN... NEIN... WIR HABEN SIE HEUTE NOCH NICHT GEZÄHLT... JA... NATÜRLICH, HERR KOMMISSAR, WIR KOMMEN SOFORT... WIR SIND... WIR...
33A
DIE ANDEREN WAGEN SIND DIREKT HINTER UNS!
HOFFENTLICH KOMMEN WIR NOCH RECHTZEITIG... ZUMINDEST KANN MAN LEICHT IHRER SPUR FOLGEN...
SAFARI PATROL CAR 5
SPÄTER...
JA, CHEF... NEIN, CHEF... DAS KONNTE KEINER AHNEN...! WIR TUN UNSER BESTES! JA, ER WIRD SICHER EINEN WEITEREN VERSUCH WAGEN... NUR WANN?!
TELEFOON
WIR SIND ÜBERZEUGT, DASS ES SICH NUR UM EIN MISSVERSTÄNDNIS HANDELT... ES IST NICHTS SCHLIMMES PASSIERT, UND WIR BETRACHTEN DEN VORFALL ALS ABGESCHLOSSEN...
575
50,- FÜR IHREN ALTEN TV.
ALT GEGEN NEU
KAUFEN SIE EINEN NEUEN FARB-TV.
DAS MACHT ALLES VIEL SCHWIERIGER! DIESE IDIOTEN HABEN AUF MEINEM GEHEIMVERSTECK EINEN TIERPARK ERRICHTET...!! DIE FRAGE IST JETZT NICHT, WIE KOMME ICH DA REIN, SONDERN WIE KOMME ICH WIEDER RAUS?!
IDEE!!
NUR EINE WOCHE!!
DER GROSSE ZAMBA DER LÖWENBÄNDIGER
33B

KOMMST DU, ROBINSON...? DIE LEUTE WERDEN UNGEDULDIG!
HE, ÜBERANSTRENG DICH HEUTE ABEND NICHT, SCOTCH! WIR MÜSSEN HEUTE NACHT NOCH UNSERE AUGEN OFFENHALTEN!
KEINE SORGE, MANN!
IN DER NACHT...
GANZ TOLL! ICH HABE DOCH GESAGT, DASS WIR UNSERE AUGEN OFFENHALTEN SOLLEN...
JA, UND ICH HAB DIR GESAGT: MAN IST ENTWEDER EIN GUTER BOXER ODER EIN GUTER AGENT... BEIDES GEHT NICHT!
ICH HÄTTE DOCH EINE ANDERE SPORTART ALS TARNUNG VORSCHLAGEN SOLLEN... SPIELST DU NICHT AUCH GANZ ORDENTLICH TENNIS? ALSO...
SSSST!! DA KOMMT JEMAND!!
ER IST ES...! ABER WER IST DA BEI IHM... UND WIESO HAT DER EINEN STUHL DABEI...?!
FLÜSTERSTIMME
SICHER JEMAND, DER MÜDE IST...
HÖH? ICH GLAUBE, DAS WIRD WIEDER LUSTIG HEUT NACHT!
KNIP KNIP KNIP KNIP
ROAAARRR*
* LEUTE!! HIERHER!!
34A
RAAAR
D-DA SIND SIE... U-UND SIE SIND SICH GANZ SICHER?! GLAUBEN SIE, DASS SIE...
ABER HALLO! AUF DEN PLAKATEN STEHT NICHT UMSONST ZAMBA, DER LÖWENBÄNDIGER!!
A-ABER DAS WISSEN DIE LÖWEN DOCH NICHT!
*GRAW
AAAH!
* ICH WERD SIE MAL ETWAS ERSCHRE-CKEN! HAHAHA!
!!
ROWF?*
KUSCH!!!
KLAK!
*WAS WIRD DAS DENN JETZT...?!?
RRRRAAAARRRR*
KLAK!
DIE LÖWEN, DIE ICH NICHT IM ZAUM HALTE, MÜSSEN ERST NOCH GEBOREN WERDEN...
IST DER JETZT GEZÄHMT ??
* WARTE...! WENN GLEICH DIE ANDEREN KOMMEN...
34B

D-DA S-SIND NOCH M-MEHR!!
ROOAAARR GROWLLRRRH RRAAR
EIGENTLICH MÜSSTEN WIR IHNEN JA FOLGEN...
HEEE! WARUM IST ES PLÖTZLICH SO STILL?! UNHEIMLICH STILL!!
DIE ÄRMSTEN!!
DAMIT KÖNNTEN WIR IM ZIRKUS REICH WERDEN!
EIN ONKEL VON MIR IST IM SHOWBUSINESS... SEIN KÜNSTLERNAME IST CLARENCE...
MANN, ICH HAB DOCH SONST SO HÖHENANGST!
GRRAUULL
ICH BIN FROH, DASS MEIN ARMER VATER DAS NICHT MEHR ERLEBEN MUSS!
HAST DU EINE AHNUNG, WAS EIGENTLICH PASSIERT IST...?
KLAP
ES MÜSSTE HIER UND DA NOCH ETWAS NACHGEBESSERT WERDEN, ABER FÜR DEN ANFANG IST ES NICHT ÜBEL!
FANTASTISCH! SO ETWAS HABE ICH JA NOCH NIE GESEHEN!
WÄHREND ER DIE LÖWEN IN SCHACH HÄLT, KANN ICH IN RUHE DAS VERSTECK AUFSUCHEN!
36A
WUNDERBAR!! DER DREIZACKFÖRMIGE BAUM STEHT NOCH...! ER IST NUR ETWAS GEWACHSEN... WAR ZU ERWARTEN, NACH FÜNFUNDZWANZIG JAHREN!!
ICH HATTE SCHON BEFÜRCHTET, DASS SIE BEIM BAU DES SAFARIPARKS DEN VERBORGENEN SCHALTER ENTDECKT HÄTTEN...! ABER ALLES SIEHT UNBERÜHRT AUS...
ZZZZZZZZZ
HAAAAHA!! NUR ICH UND DIE SOLDATEN, DIE DEN BUNKER BAUTEN, HABEN IHN JEMALS GESEHEN!!
35B

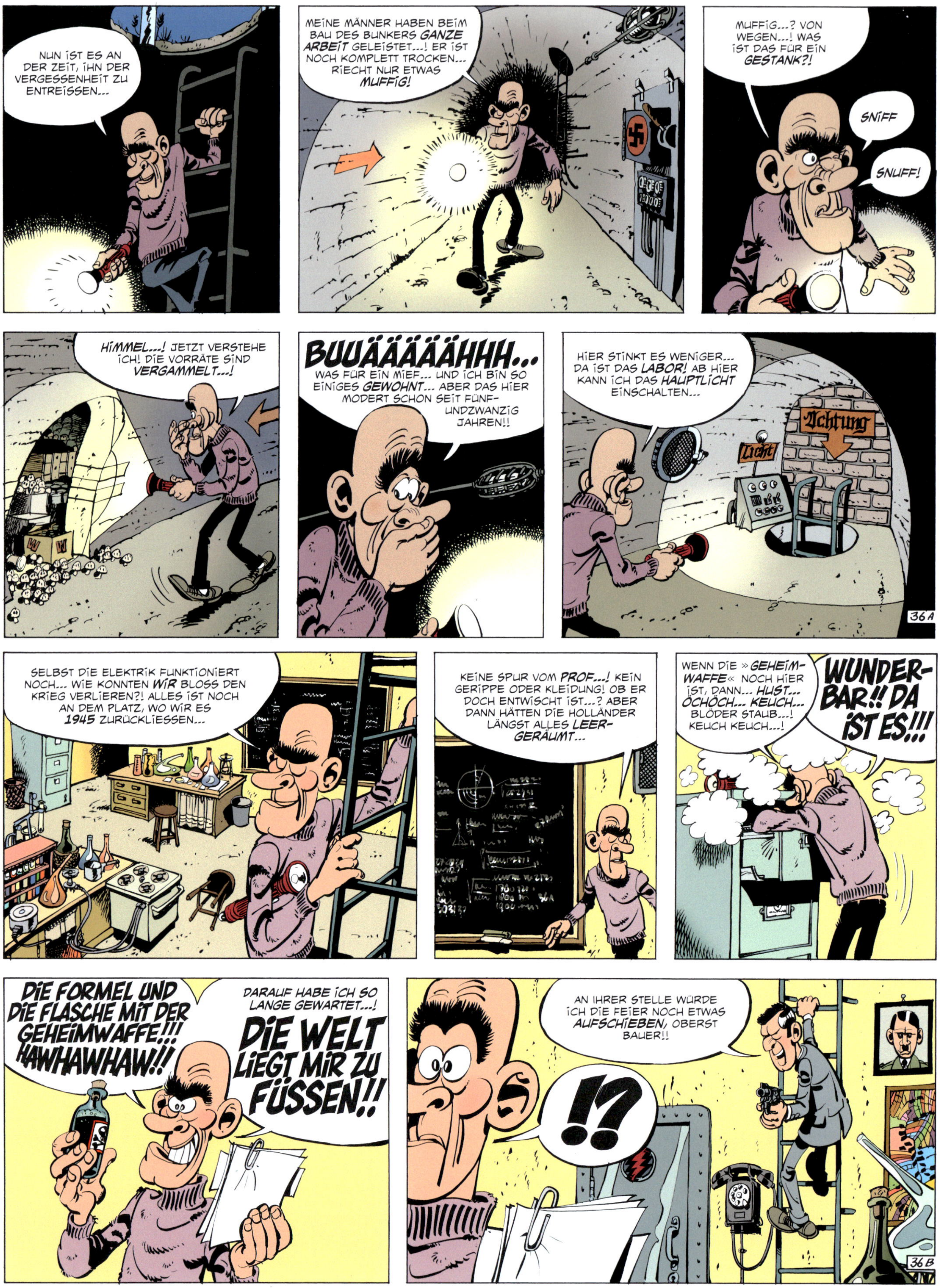

NUN IST ES AN DER ZEIT, IHN DER VERGESSENHEIT ZU ENTREISSEN...
MEINE MÄNNER HABEN BEIM BAU DES BUNKERS GANZE ARBEIT GELEISTET...! ER IST NOCH KOMPLETT TROCKEN... RIECHT NUR ETWAS MUFFIG!
MUFFIG...? VON WEGEN...! WAS IST DAS FÜR EIN GESTANK?!
SNIFF
SNUFF!
HIMMEL...! JETZT VERSTEHE ICH! DIE VORRÄTE SIND VERGAMMELT...!
BUUÄÄÄÄÄHHH... WAS FÜR EIN MIEF... UND ICH BIN SO EINIGES GEWOHNT... ABER DAS HIER MODERT SCHON SEIT FÜNFUNDZWANZIG JAHREN!!
HIER STINKT ES WENIGER... DA IST DAS LABOR! AB HIER KANN ICH DAS HAUPTLICHT EINSCHALTEN...
Achtung
Licht
36 A
SELBST DIE ELEKTRIK FUNKTIONIERT NOCH... WIE KONNTEN WIR BLOSS DEN KRIEG VERLIEREN?! ALLES IST NOCH AN DEM PLATZ, WO WIR ES 1945 ZURÜCKLIESSEN...
KEINE SPUR VOM PROF...! KEIN GERIPPE ODER KLEIDUNG! OB ER DOCH ENTWISCHT IST...? ABER DANN HÄTTEN DIE HOLLÄNDER LÄNGST ALLES LEERGERÄUMT...
WENN DIE »GEHEIMWAFFE« NOCH HIER IST, DANN... HUST... ÖCHÖCH... KEUCH... BLÖDER STAUB...! KEUCH KEUCH...!
WUNDERBAR!! DA IST ES!!!
DIE FORMEL UND DIE FLASCHE MIT DER GEHEIMWAFFE!!! HAWHAWHAW!!
DARAUF HABE ICH SO LANGE GEWARTET...! DIE WELT LIEGT MIR ZU FÜSSEN!!
!?
AN IHRER STELLE WÜRDE ICH DIE FEIER NOCH ETWAS AUFSCHIEBEN, OBERST BAUER!!
36 B

TEUFEL!! SIE SIND DOCH EINER MEINER FLUCHTHELFER IN DEN WESTEN!!
1943
STIMMT, BAUER... UND JETZT BEGREIFEN SIE AUCH WARUM, NICHT WAHR...? WIR WAREN NEUGIERIG, WO SIE IHRE KOSTBARKEITEN WÄHREND DES KRIEGES VERSTECKT HABEN...
ABER WAS WIR – GENAUER GESAGT, DER NIEDERLÄNDISCHE GEHEIMDIENST – WISSEN WOLLEN, IST, WAS GENAU SIE VERSTECKT HABEN... WAS IST DAS FÜR EINE GEHEIMWAFFE...? RAUS DAMIT, BAUER!
NA EGAL... ICH BIN SOWIESO AM ENDE... WIE SIE WAHRSCHEINLICH WISSEN, ARBEITETE PROFESSOR PRILLEVITZ IN DEN DREISSIGER JAHREN MIT DER ERFORSCHUNG UND ENTWICKLUNG VON STIMULANZEN, DIE CHEMISCHE VERÄNDERUNGEN IN MATERIALIEN UND MENSCHLICHEN KÖRPERN BEWIRKEN KONNTEN...
UND NACH LANGEM EXPERIMENTIEREN FAND ER ENDLICH, WAS ER SUCHTE...
!!!
EIN ELIXIER, DAS UNSICHTBAR MACHT!!!
DENKEN SIE NUR AN DIE MÖGLICHKEITEN...! UNSICHTBARE ARMEEN... UNSICHTBARE PANZER UND FLUGZEUGE! WER DIESE MIXTUR BESITZT, HAT DIE WELT IN DER HAND!! ALS ICH DAVON ERFUHR, BESCHLOSS ICH, DIESE ENTDECKUNG FÜR MICH SELBST ZU BEHALTEN... DASS DEUTSCHLAND DEN KRIEG VERLIEREN WÜRDE, HATTE ICH ALS FACHMANN DOCH LÄNGST ERKANNT!
... ALSO LIESSEN SIE DIESES GEHEIMLABOR BAUEN... UND SCHICKTEN SEINE ERBAUER AN DIE OSTFRONT... SIE WOLLTEN ABWARTEN, BIS DER KRIEG VORBEI UND DIE ALLGEMEINE LAGE WIEDER ÜBERSICHTLICHER GEWORDEN WÄRE...
37 A
... UND HÄTTEN DIE @+$# AMERIKANER MICH NICHT ERWISCHT, HÄTTE ES FUNKTIONIERT!!!
POTZ TEUFEL NOCH MAL!!
STOMP STOMMEL STOMMEL ROMBOM STOM
DAS DACHTEN SIE VIELLEICHT... ABER WIR HABEN SIE GEGEN ENDE DES KRIEGES STETS IM AUGE BEHALTEN, UND WENN SIE...
WAS IST DENN JETZT WIEDER?!
STAMP! STAMP! STAMP!
!!
BOM ROM STOMMEL KRAAK
MEINE CHANCE!
KLOK KLOK KLOK KLOK
HAHAHA! ICH HABE DOCH NOCH GEWONNEN!!! ICH BIN UNSICHTBAR! SUCHEN SIE MICH DOCH!!!
HAHAHA!
?
UNSICHTBAR? DER IST GUT! DAS IST JA DER BESTE WITZ, DEN ICH JE GEHÖRT HABE!
HAHAHA!!!
HIHIHI!!
GERADEZU UNBEZAHLBAR!!
?
37 B

MOMENT MAL!! ICH KANN MEINEN ARM NOCH SEHEN!! UND MEINE HAND!!
WIE IST DAS MÖGLICH ?!
WIE DAS MÖGLICH IST? HÖRT IHR DAS? DER HERR PROFESSOR HAT IHN VERÄPPELT!! HAHAHAHAA!!! ER HAT IHN GELINKT! HAHAHA
HAHAHA! GELINKT! HAHA!
ABER ICH BIN UNSICHTBAR! UNSICHTBAR! WIE VIELE FINGER HALTE ICH HOCH
WAHOEHAHAHAOEA! WIE VIELE FINGER ER HOCHHÄLT?! HAHAHA...! DREI!! WOEHAHAHAOEHAAA!!!
FÜNFUNDZWANZIG JAHRE UMSONST!!
HALTET MICH!! ICH KANN NICHT MEHR!! ER HAT FÜNFUNDZWANZIG JAHRE UMSONST GEWARTET! HAHAHOEHAAAAAH!!
MICH BESCHLEICHT DAS GEFÜHL, DASS WIR EIN PHANTOM GEJAGT HABEN...
HEY, MAN! GET OFF OF MY BACK, WILL YA?!
DER PROFESSOR HAT SEIN GEHEIMNIS MIT INS GRAB GENOMMEN! HAHAHAHA HAHAHA
... ANDERERSEITS ENTBEHRT DAS GANZE IN DER TAT NICHT EINER GEWISSEN KOMIK...
HEY! COOL IT MAN!
38A
... MAN KÖNNTE SOGAR SAGEN: DIE KOMIK IST OFFENSICHTLICH! ODER, GENOSSE SLAROTTIMOV?! WIR SOLLTEN ES SPORTLICH SEHEN, NICHT WAHR, KOLLEGEN?! HAHAHAAHAHA!!
HAHAH HAHAHAWHIHIHAHAAA HAHAHAHA!!
HEEE!! WO WOLLEN SIE DENN HIN?!
FRAG DOCH DIE DA UNTEN!!
EINE UNSICHTBARE GEHEIMWAFFE! HAHA HAA! !!
HOLLA!! PASSEN SIE DOCH AUF, BIN ICH VIELLEICHT DURCHSICHTIG?!!
AUS DEM WEG! GRRRRR !!!
HAHAHA, KOLLEGEN! DA WIRD MEIN CHEF ABER DUMM GUCKEN, WENN ICH IHM DAS ERZÄHLE...
MIT TUT VOR LACHEN DIE GANZE VISAGE WEH!! HI HIHIHI HIHI!!
DER VORSITZENDE MAO SAGT: SEID VEREINT, KONZENTRIERT, ENTSCHLOSSEN UND AKTIV!
SCHLUCK!
HERR EISENBROT, SEHEN SIE MAL, WAS ICH GEFUNDEN HABE!!
IN DER TAT!! DER CHEF WIRD MÄCHTIG BLÖD GUCKEN...
DU SAGST ES, KOLLEGE...!
DAZU SAGT MAO: WAS WIR BENÖTIGEN, IST EIN...
KURZ DARAUF...
ALLES!!
HEY, KUMPEL! SCHON ZURÜCK?! WAS IST SCHIEFGELAUFEN?
38B

HEEE! WARTET MAL!! UND WIR? WAS WIRD AUS UNS?!!
SO KOMMEN SIE MIR NICHT DAVON!! ICH WILL MEIN GELD!!
FASS MAL EINEM NACKTEN MANN IN DIE TASCHE...
ROAARR!!
INZWISCHEN...
ICH HABE EINEN VORRATSRAUM VOLL MIT VERDORBENEM ESSEN GEFUNDEN... ABER DIE GETRÄNKE SIND NOCH GUT!!
PRIMA IDEE, BERTRAM... EIN ORDENTLICHER SCHLUCK WIRD UNS AUFMUNTERN.
WAS SOLLEN WIR DEM GENOSSEN GENERAL ERZÄHLEN ?!!
OKAY, BELLY... WER VON UNS ERKLÄRT ES DEM BOSS?!
AIAIAI! POBRE DE MI!!
PUUHAAAHHH!! DAS NENNE ICH AUFMUNTERUNG...
HICK!
HIPS!
ÄH... GENOSSE... ÄH, VEREHRTER KOLLEGE... WIR WÜRDEN UNS AUCH ÜBER EINEN... MUNTERMACHER FREUEN...
WARUM NICHT?! HIPS...! SO OFT KOMMT MAN UNTER KOLLEGEN SCHLIESSLICH NICHT ZUSAMMEN... HICK!!
DER VORSITZENDE MAO SAGT...
HICK! BERTRAM... HIPS... ZEIG IHNEN, WIE GASTFREUNDLICH WIR... HICK... HIPS... HOLLÄNDER... HICK... SEIN KÖNNEN... HIPS!
KOMME! BIN SCHON UNTERWEGS...!
TRINK, TRINK, BRÜDERLEIN TRINK, LASS DOCH...
Калинка К
Калинка Ка
Линка Моя
В саду я
DER VORSITZENDE MAO SINGT:
AY AY... CANTAY NO LLORES
ICH SCHLEPPE NOCH IMMER DIESES ZEUG MIT MIR RUM... WEG DAMIT!! HINFORT MIT DER UNSELIGEN FORMEL! GRRRR...
UND DIESE PLÖRRE HINTERDREIN!! DAS ZEUG SCHMECKTE SOWIESO SCHEUSSLICH!
WEG MIT SCHADEN! EIN FÜR ALLE MAL!
BAUER!! WO SIND SIE HIN?
DIE FLASCHE
PLUMPS
DER KORKEN
PLITSCH
39

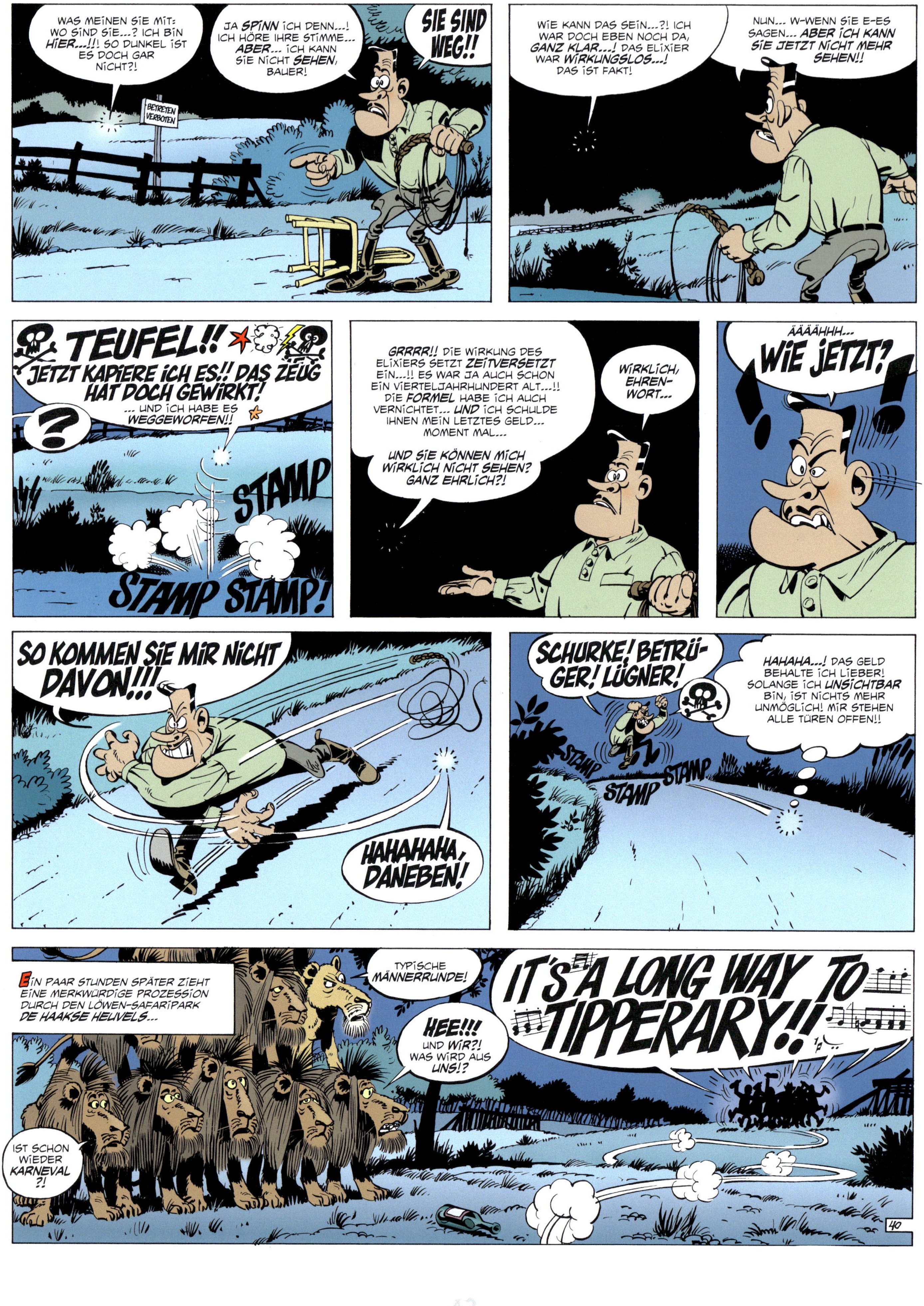

WAS MEINEN SIE MIT: WO SIND SIE...? ICH BIN HIER...!!! SO DUNKEL IST ES DOCH GAR NICHT?!
BETRETEN VERBOTEN
JA SPINN ICH DENN...! ICH HÖRE IHRE STIMME... ABER... ICH KANN SIE NICHT SEHEN, BAUER!
SIE SIND WEG!!
WIE KANN DAS SEIN...?! ICH WAR DOCH EBEN NOCH DA, GANZ KLAR...! DAS ELIXIER WAR WIRKUNGSLOS...! DAS IST FAKT!
NUN... W-WENN SIE E-ES SAGEN... ABER ICH KANN SIE JETZT NICHT MEHR SEHEN!!
TEUFEL!! JETZT KAPIERE ICH ES!! DAS ZEUG HAT DOCH GEWIRKT!
... UND ICH HABE ES WEGGEWORFEN!!
STAMP
STAMP STAMP!
GRRRR!! DIE WIRKUNG DES ELIXIERS SETZT ZEITVERSETZT EIN...!! ES WAR JA AUCH SCHON EIN VIERTELJAHRHUNDERT ALT...!! DIE FORMEL HABE ICH AUCH VERNICHTET... UND ICH SCHULDE IHNEN MEIN LETZTES GELD... MOMENT MAL...
UND SIE KÖNNEN MICH WIRKLICH NICHT SEHEN? GANZ EHRLICH?!
WIRKLICH, EHREN-WORT...
ÄÄÄÄHHH...
WIE JETZT?
SO KOMMEN SIE MIR NICHT DAVON!!!
HAHAHAHA, DANEBEN!
SCHURKE! BETRÜ-GER! LÜGNER!
STAMP
STAMP STAMP
HAHAHA...! DAS GELD BEHALTE ICH LIEBER! SOLANGE ICH UNSICHTBAR BIN, IST NICHTS MEHR UNMÖGLICH! MIR STEHEN ALLE TÜREN OFFEN!!
EIN PAAR STUNDEN SPÄTER ZIEHT EINE MERKWÜRDIGE PROZESSION DURCH DEN LÖWEN-SAFARIPARK DE HAAKSE HEUVELS...
TYPISCHE MÄNNERRUNDE!
HEE!!! UND WIR?! WAS WIRD AUS UNS!?
IT'S A LONG WAY TO TIPPERARY!!
IST SCHON WIEDER KARNEVAL ?!
40

КАЛИНКА МОЯ АХ! СОСЁНУШ
WARUM KANNES NICH IMMER SO KAMMERADSCHAFFLICH SEIN... FRIEDN UN FROINSCHAFFD AUFFER GANSEN WELT...
HICK!
MY NAME ISH SHMILEY... PLEASED TA MEETJA...
HIPS!
HICK!
HI, BUD!
DU HAST 'NE IRRE STIMME, KOLLEGE! DU SOLLTEST GOSPEL SINGEN!
HICK!
VOASISSENDE MAO SAGT: HICK!
LA CUCARACHA LA CUCARA
PFF, ICH GEH LIEBER WIEDER ZUM HOTEL! HERR EISENBROT FINDET SICHER ALLEIN ZURÜCK... UND SOLCHE TYPEN ECHAUFFIEREN SICH WEGEN 'NEM JOINT!!
HIPS!
FREUNDE - HICK - LASST UNS DIE HÄNDE REICHEN - HICK - IST DAS NICH WUNDERBAR? HICK!
TOLLE ERWACHSENE!!!
ALS SPÄTER DIE SONNE AUFGEHT, WIRD DIE RUHE NUR NOCH VON WIEDERKÄUENDEN KÜHEN GESTÖRT...
KAU KAU KAU SCHLUCK! MAMPF...
KÄU KÄU RUMINIER
DAS PERSONAL DES SAFARIPARKS DE HAAKSE HEUVELS ERWARTET JEDOCH EINE UNANGENEHME ÜBERRASCHUNG...
WIE SOLL ICH DENN WISSEN, WIE SIE DAS GEMACHT HABEN...?! DIE FRAGE IST EHER: WIE KRIEGEN WIR SIE WIEDER RUNTER?!?
SCHLAFWANDLER ???!
AUF DEN LANDSTRASSEN KOMMT DER VERKEHR LANGSAM INS ROLLEN...
BEN! SIEH DOCH MAL!!
CRASH!
JOOP, PASS AUF!
DAS AUTO, DAS UNS ENTGEGENKAM... WAR LEER... !!!
de Beer REPARATIE
41
NETT VON DEM BAUERN, SEIN AUTO OFFEN AUF DEM HOF STEHEN ZU LASSEN! JE EHER ICH AN DER GRENZE BIN, DESTO BESSER!
EHRLICH, BEN! DA SASS NIEMAND AM STEUER!!
AGENT 327 WIRD NUR ÄUSSERST WIDERWILLIG WACH...
BONK BONK! BONK
... MEINEM SCHÄDEL NACH ZU URTEILEN, GEHÖRE ICH NICHT INS LAND DER LEBENDEN... OWEIA!
BZZZ
BZZZZ
TWIET
KWAAAK
TWIEK

WO BIN ICH...? WO SIND DENN ALLE? DIE HABEN MICH DOCH GLATT AM STRASSENRAND LIEGEN LASSEN...
AAUU!! MEIN ARMER KOPF!
ERST MAL EINEN SCHLUCK TRINKEN... DAS WASSER HIER IST BESTIMMT NOCH NICHT VERSCHMUTZT.
AIAIAI!
?
SCHMATZ?
MUUUUUH! DAS HATTE ABER EINEN KOMISCHEN NACHGESCHMACK... DIE HABEN WOHL WASSER AUS DEM RHEIN ZUGELEITET...
... VON FABRIKEN AUS DEUTSCHLAND ODER SO... MUUUUUUH...
ETWAS WEITER STROMABWÄRTS...
???
SPLASH
IST DAS NICHT ZUM MÄUSE MELKEN?!! DA BEISST ENDLICH MAL EINER AN, UND DANN SIEHT MAN GAR NICHTS!?
DAS TAT GUT... UND JETZT ZURÜCK INS DORF... SONST MACHT BERTRAM SICH NOCH SORGEN...
WENN MAN DAS TRINKEN NICHT GEWOHNT IST, HAUT EINEN EIN KLEINER SCHLUCK SCHON UM...!
IST DAS HIER ÜBERHAUPT DER RICHTIGE WEG?!
ICH WERD MAL KURZ DEN BAUERN DORT FRAGEN...
PARDON, KÖNNTEN SIE MIR VIELLEICHT SAGEN...
... ÄH... OB DIES DER WEG ZUM DORF IST...
HALLO, SIE DA... DARF ICH SIE WAS FRAGEN?
42

KÖNNEN SIE MIR SAGEN, OB ICH AUF DIESEM WEG ZUM DORF...
?
HEDA! HÖREN SIE! HALLO!!
WO GEHT ES ZUM DORF?!!
DER IST JA TAUB!!
GEBÄRDEN-SPRACHE – VIELLEICHT HILFT DAS...?! HALLO, HALLO... MEIN HERR... GUTEN MORGEN...
?
?
ER HÖRT MICH NICHT...!
UND ER SIEHT MICH NICHT...
KEIN SPIEGEL-BILD...! ICH BIN EIN GEIST!! EIN GESPENST...! BIN ICH TOT?!!
HALLO, MARIE. IST WAS, KIND?
DU HAST SCHON WIEDER DEIN HÖRGERÄT VERGESSEN, PAPA... ACH, DU VERSTEHST MICH JA DOCH NICHT... HAUPT-SACHE, DU SIEHST NOCH ALLES!
SCHRIK DRAAD
43 A
DANKE, MARIE! FAHR RUHIG SCHON WEITER... ICH HOLE NOCH KLÄRCHEN VON DER WEIDE.
MEINE FEINEN KOLLEGEN HABEN MICH UMGEBRACHT! MIESE VERRÄTER! WENN ICH MAL TOT BIN, SOLL MEIN GEIST SIE HEIMSUCHEN... WAS REDE ICH DA... ICH BIN TOT!!
GUT IST, DASS MIR JETZT NICHTS MEHR ZUSTOSSEN KANN... EIN GEIST IST JA KÖRPERLO... AAAAAI!!
KLONK
!?!
EIN PAAR WOCHEN SPÄTER...
HMM...
EIN IRRITIEREN-DER ANBLICK, WENN HIER NUR EIN HOHLER ARM UND EIN HOHLES BEIN HERUMSPUKEN, 327!
SORRY, CHEF...
DER ARZT SAGT, DASS DER GIPS MORGEN RUNTER KANN... SOWEIT ER DAS SIEHT...
43 B

HMM... ZUR SACHE... WIR HABEN DEN BACH ABGE-SUCHT, AUS DEM SIE GETRUNKEN HABEN, UND DABEI DIESES FLÄSCHCHEN GEFUNDEN...! UNVERKORKT...! DIE MYSTERIÖSE MIXTUR VON PROFESSOR PRILLEVITZ HAT SICH IM WASSER AUFGELÖST UND IST NUN SO STARK VERDÜNNT, DASS UNSERE EXPERTEN SIE NICHT MEHR ANALYSIEREN KÖNNEN...

ZWEI DINGE SIND SICHER... ERSTENS: OBERST BAUER HAT ZU SPÄT BEGRIFFEN, DASS DIE WIRKUNG MIT VERZÖGERUNG EINSETZT... WIR HABEN AUCH PAPIERSCHNIPSEL GEFUNDEN, DIE OFFENBAR VON DER FORMEL STAMMEN... UND ZWEITENS: DAS LABOR, DAS WIR 1945 ENTDECKTEN, DIENTE OFFENBAR NUR ALS ABLENKUNG...

JA... DAS ECHTE LABOR WAR DIE GANZE ZEIT IN BRABANT...! UND DIE GEHEIMWAFFE IST VERLOREN! DAS GILT ABER AUCH FÜR DIE KONKURRENZ! ZUM GLÜCK...! NUN GIBT ES ALSO BLOSS NOCH EIN PROBLEM – ICH BIN NACH WIE VOR UNSICHTBAR!!

NUR DIE RUHE, 327... DIE WIRKUNG IST WAHRSCHEINLICH NICHT VON DAUER... HOFFEN WIR ZUMINDEST...

DAS RASIEREN GESTALTET SICH SCHWIERIG, CHEF...

WAS MIR MEHR SORGEN BEREITET, IST DIE TATSACHE, DASS OBERST BAUER NOCH AUF FREIEM FUSS IST... UND DAS EBENFALLS UNSICHTBAR!!

HMM... SO WIE ICH BAUER KENNE, TAUCHT DER IRGENDWANN WIEDER AUF...!

SEUFZ... ER WAR DOCH SO EIN SCHÖNER MANN...!

CODE NR.: 327/2/Juli '70
AUFTRAG: ausgeführt
ENDE DER GEHEIMAKTE: wird fortgesetzt
GEZEICHNET: Martin Lodewijk

44

NACHTRAG: a/327/2
BETRIFFT: Oberst Bauer

UNSERE CHEFS IN MOSKAU WERDEN GAR NICHT ZUFRIEDEN SEIN, GENOSSE!

HAHAHAHA HEHEH!!! HIHIHI!!!

WENN WIR WENIGSTENS OBERST BAUER MITBRÄCHTEN... ABER DER IST ABGETAUCHT... NEIN, GENOSSE... UNS DROHT SIBIRIEN!

HIHIHI...! WENN DIE WÜSSTEN, DASS ICH DIREKT NEBEN IHNEN STEHE...

HEHEHEH!!!

FLASH

NACHTRAG: b/327/2
BETRIFFT: die Kuh von Bauer Harmsen

KLÄRCHEN!! WO BIST DU?!!?!

SELTSAM! ICH KÖNNT SCHWÖREN, DASS ICH SIE HÖRE!! OB DAS HÖRGERÄT SPINNT?!

MUUUUUH??

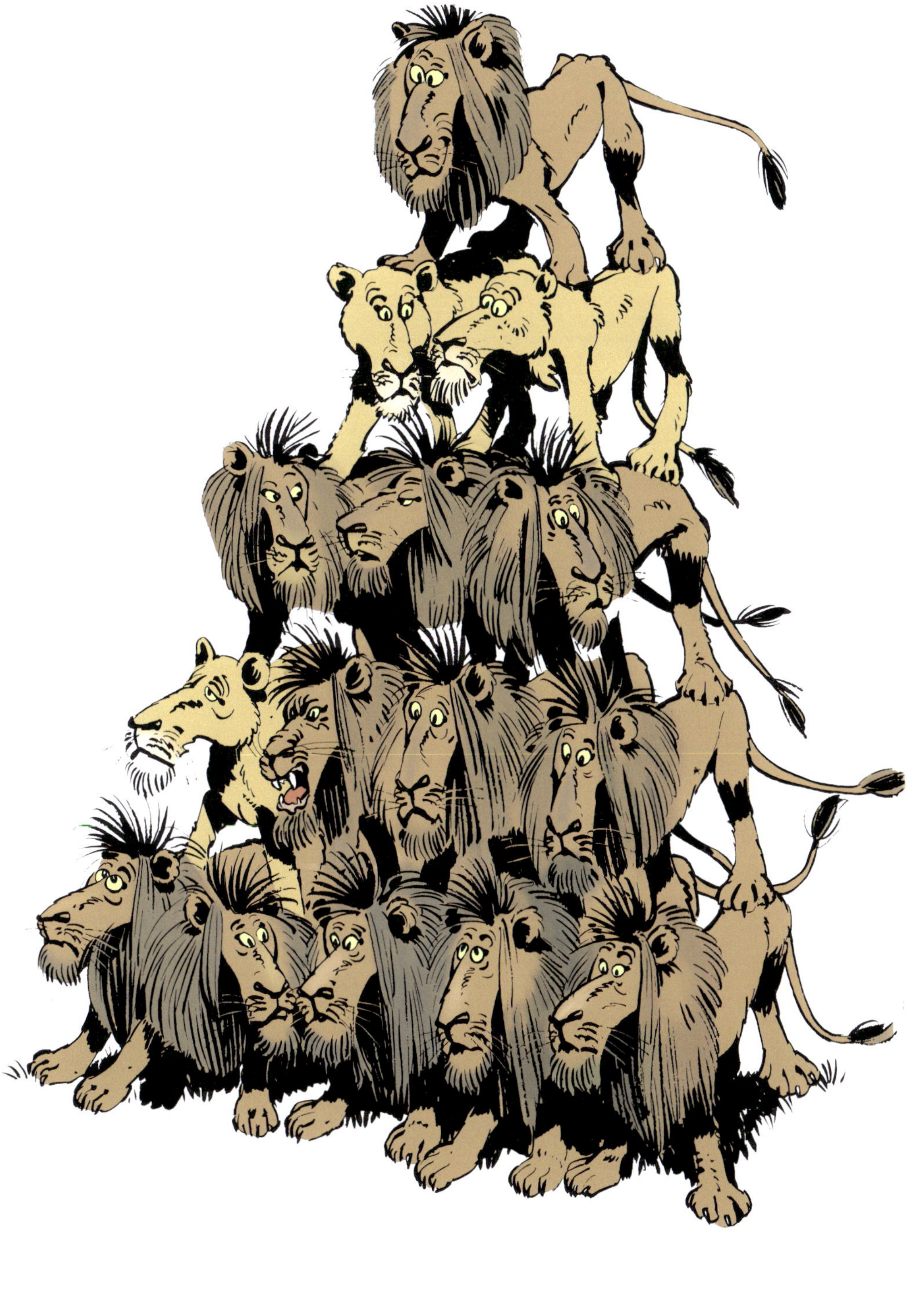

AGENT 327

Lieferbare Titel

Band 1 |
Die ersten Ermittlungen
ISBN: 978-3-95839-934-1

Band 2 |
Ein Ball für zwei
ISBN: 978-3-95839-935-8

Band 3 |
Operation Stimmbruch
ISBN: 978-3-95839-936-5

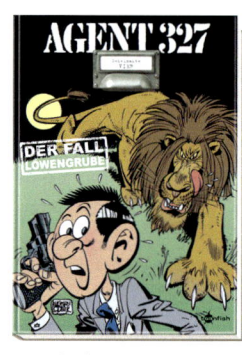

Band 4 |
Der Fall Löwengrube
ISBN: 978-3-95839-937-2

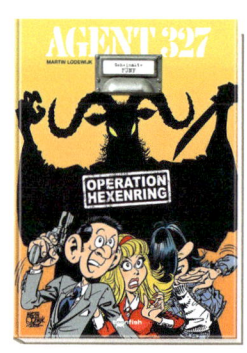

Band 5 | *(Februar 2021)*
Operation Hexenring
ISBN: 978-3-95839-938-9

Band 15 |
Der Golem von Antwerpen
ISBN: 978-3-95839-948-8

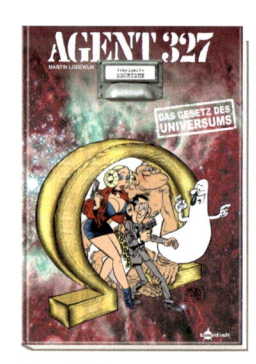

Band 16 |
Das Gesetz des Universums
ISBN: 978-3-95839-949-5

Band 17 |
Hotel New York
ISBN: 978-3-95839-950-1

Band 18 |
Das Ohr von Van Gogh
ISBN: 978-3-95839-951-8

Band 19 | Ein Brief aus der Vergangenheit
ISBN: 978-3-95839-952-5

Band 20 |
Der Daddy Vinci Code
ISBN: 978-3-95839-953-2